Taina è in Fiamme

Taïna vuole i Marvels più di ogni altra cosa al mondo

Ashley Colem

TAINA È IN FIAMME

First edition. December 9, 2023.

Copyright © 2023 Ashley Colem.

ISBN: 979-8223820130

Written by Ashley Colem.

Also by Ashley Colem

Bien Trop Brutal

Obsede Par Elle

Limite dépassée

Amour Improbable

Kataliya, la Parfaite Élue

Le Choix Ultime d'un Seul Amour

Réveille-toi, Barbara

Sexe à Répétition

Taïna est en feu

Captive d'une Nuit Enneigée: Jusqu'à ce qu'elle apparaisse et que son âme se sente captivée

Ces Attouchements Tabous: Cette nuit-là, il a changé ma vie pour toujours

Épuisement: Sienna est peut-être jeune, mais son corps sait ce dont il a besoin

Il va l'avoir: William veut Jesse plus que tout au monde

La Femme de ses Rêves: Il est obsédé par la jeune beauté qui lui a volé son cœur

Le No 1 des Connards: Il ne cherche pas d'excuses pour ce qu'il est ou ce qu'il fait

L'étrange Mariage du Milliardaire

Maintenant... Elle est à moi pour Toujours: Je mets un bébé dans son ventre et une bague en diamant à son doigt

Piégé par elle
Tenir si Fort: Il ne savait pas qu'une obsession pouvait s'emparer de lui aussi fort
Un Alpha de Mauvais Caractère: Aucune femme n'a jamais été capable de le gérer
Un Échange Très Étrange: Le destin de Cian et de Serenity, croisés dans un lycée américain
Limite Superato
Amore Improbabile
Kataliya, la Perfetta
La Scelta Definitiva di un Singolo Amore
Sesso ripetuto
Taina è in Fiamme

Marvelns Telson nasconde qualcosa. Sa della sua compagna, ma non glielo ha detto, e non ha fatto valere i suoi diritti su di lei. Lo vuole più di ogni altra cosa, ma Taïna Cain è... debole. Deve proteggerla, e lo farà, anche se dovrà evitarla. Tuttavia è doloroso starle vicino senza reclamarla. È costretto a cedere quando la vede sola. Deve essere sua.

Il corpo di Taïna è in fiamme dopo un solo bacio. Quando lui la convoca nella sua cabina, vuole fargli capire che ha torto perché non riesce a credere che quest'uomo sia suo.

I Marvels non si sbagliano. Lui è il capo. Taïna lo vuole più di ogni altra cosa perché è un duro, tenace e non accetta un no come risposta.

La loro unione non può più essere nascosta a causa dell'imminente luna piena. Riusciranno i Marvel a difenderla dal branco che, teme, potrebbe vietare la loro unione? Farà tutto il necessario per proteggerla, qualunque cosa accada. È ora che il branco capisca con chi hanno a che fare, perché lei è la loro compagna.

Capitolo 1

Meraviglie Telson guardò attraverso il parcheggio dove Taïna Cain stava caricando il suo furgone per consegnare i panini della giornata. La città di Ville ospitava alcuni dei lupi mannari più letali del paese. Era un branco di cui lui era l'alfa e, per questo motivo, non poteva permettersi di essere debole.

Taina era un lupo debole.

Non ha dominato né forzato la mano per il potere. Si è presa il suo tempo con tutti. Per il branco era la madre premurosa che tutti volevano essere. Non importa cosa volessero le persone, lei era lì per loro.

Ciò che gli rendeva così difficile distogliere lo sguardo era che Taïna era anche la sua compagna. Ma il suo gene del lupo era così debole che non riusciva nemmeno a percepire che fosse il suo compagno.

C'erano così tante donne nel branco che avrebbero desiderato il suo tocco, la sua attenzione, eppure era la piccola Taïna, la giovane donna che lui aveva sempre considerato debole e di cui si preoccupava costantemente perché non poteva difendersi, che in realtà era il suo compagno.

Se avesse fatto sapere a qualcuno che era sua compagna, le donne le avrebbero contestato il diritto di stare al suo fianco, ne era sicuro.

Poiché era l'alfa più temuto di tutto il paese, le donne erano attratte da lui e dal potere che aveva a portata di mano.

Nessun altro alfa potrebbe costringere un lupo a cambiare per capriccio. Controllava i suoi Marvel, a differenza della maggior parte degli uomini e delle donne di Ville, che erano sempre alla mercé dei loro mostri.

Uscendo dalla macchina, sapeva che il branco avvertiva la sua presenza.

Solo perché non poteva affermare che Taïna non significava che non fosse attratto da lei ovunque fosse.

Aveva appena finito di caricare gli ultimi panini, che sarebbero stati riempiti con tutti i tipi di salumi e formaggi.

Nel momento in cui si avvicinò, lei si irrigidì.

"Alfa", disse, abbassando gli occhi in segno di rispetto e chinando leggermente la testa.

Con lui al controllo, i suoi Marvens non hanno mai preteso sottomissione. In effetti, voleva guardare i begli occhi azzurri di Taïna. Fissarle il collo gli fece pensare di marchiarla. Di spingerla contro l'albero più vicino e di scoparla forte e profondamente. Facendole prendere ogni centimetro del suo grosso cazzo mentre lui le versa la sborra dentro.

In un attimo lei sarebbe stata traboccante di quanto lui desiderasse accoppiarsi con lei.

“Taina.” Lui pronunciò il suo nome ma non disse altro. Inspirò profondamente, con l'acquolina in bocca al sentore di vaniglia e cannella.

Amava cucinare e, beh, lui adorava profumarla. Era davvero... una bellezza.

I suoi lunghi riccioli neri sarebbero stati così belli avvolti attorno al suo pugno mentre la scopava. Anche lei era una donna formosa. Cosce grandi e succose che lo avrebbero sorretto mentre penetrava in lei. Uno stomaco rotondo che voleva vedere pieno con i suoi bambini. Grandi tette mature che pensava di succhiare ogni secondo di ogni giorno. Beh, la maggior parte del tempo ci pensava. Ma non avrebbe potuto fare a modo suo, anche se avesse voluto. Doveva essere sempre un bravo ragazzo.

"Cosa posso portarti?" lei chiese.

Notò che le sue mani tremavano leggermente. Questa era l'unica cosa che odiava di se stesso, la sua capacità di farsi temere da qualcuno dolce e gentile come Taïna.

"Nulla." Mangiava qualunque cosa lei avesse toccato.

"Va bene. So che adori il prosciutto e il formaggio con tutti gli extra. Canticchiò e poi ne tirò fuori una lunga, simile a una baguette. "Ecco qui. Appena fatto oggi."

"Da te?"

"Scusa?"

"Ce l'hai fatta?"

"SÌ. Ho preparato anche tutti i panini".

Da quando aveva scoperto che questa donna era la sua compagna, poteva mangiare solo il cibo preparato e preparato da lei. Non sapeva perché, ma provava un vero disgusto per qualsiasi cosa fatta da un'altra donna. Non si sarebbe lamentato.

Era meticolosa, una fornaia e cuoca favolosa.

Gli uomini e le donne del branco l'adoravano.

Se non avesse avuto delle puttane malvagie e dispettose in lizza per il suo affetto, l'avrebbe già reclamata. Innanzitutto, doveva assicurarsi che fosse protetta.

Dato che era debole, non poteva permettere a un'altra donna di toccarla, nemmeno di pensare per un solo secondo che avrebbero potuto farle del male. Avrebbe massacrato chiunque avesse pensato di potergli portare via la sua donna.

Taina non se ne rendeva ancora conto, ma presto gli sarebbe appartenuta.

Non l'avrebbe messa a rischio però.

"Verrai al ballo stasera?" chiese Taina.

"Danza?"

"È l'ultimo venerdì prima della luna piena. Abbiamo tutti il ballo mensile in cui ci rilassiamo e ci divertiamo.

"Non si gira con la luna piena."

"Lo so, ma mi piace camminare in quel periodo."

Percepiva la vergogna e non voleva fare altro che tenerla stretta e farle sapere che non avrebbe avuto nulla da temere.

Di tutto il branco, lei era l'unica che non era riuscita a trasformarsi in un lupo. Parti di lei potrebbero. Li aveva visti, una mano, un piede, il suo viso, ma non era mai riuscita a soccombere alle pressioni della luna piena.

Un giorno l'avrebbe aiutata, ma quel momento non era adesso.

"Grazie per il panino." Lui tirò fuori dei soldi, ma lei scosse la testa.

"Per te, Alpha, offre la casa." Gli offrì un sorriso e il suo cazzo si contrasse. Voleva scoparla così tanto, ma non poteva farlo.

Forzandosi un sorriso sulle labbra e ripetendosi ripetutamente nella sua testa di andarsene, si voltò e se ne andò.

Aveva così tanti lavori da fare, e trascinare Taïna nella sua cabina e mostrarle quanto sarebbe stata adatta alla punta del suo cazzo, non era il modo in cui avrebbe potuto trascorrere il lunedì mattina.

Quando finalmente avrebbe potuto reclamarla, intendeva assicurarsi che il branco sapesse che non avrebbe potuto essere disturbato per almeno un mese.

La sua missione con Taïna era metterle dentro il bambino il più presto possibile.

****

Finora non c'era stato alcuno spargimento di sangue con cui lottare durante il ballo, e per Taïna era felice. Odiava la vista del sangue e spesso la faceva sentire male. Non che qualcuno lo saprebbe mai. Non avrebbe mai raccontato a nessuno le sue reazioni al sangue. Avrebbero riso tutti, ed era già abbastanza difficile essere il lupo immutabile, per non parlare di uno che non sopportava la violenza.

Lo odiava.

Amava il branco però, anche se erano eccessivamente giudicanti nei suoi confronti. La sua incapacità di cambiare era infatti l'argomento di discussione in città. La maggior parte del branco la disprezzava per questo motivo. Se non avesse potuto cucinarli o prendersi cura di loro, credeva davvero che sarebbe stata buttata fuori dal branco.

C'erano momenti in cui Marvelns era vicino e le mandava segnali confusi. Ciò che nessuno del branco sapeva di lei, e lei lo teneva un segreto gelosamente custodito, era che poteva fiutare le bugie e gli inganni delle persone.

Ogni volta che Martens era vicino, c'era un profumo proveniente da lui, qualcosa che le faceva venire l'acquolina in bocca, e la tentazione di sdraiarsi e allargare le gambe per lui era forte. Avvicinandosi al bar, sorrise al barista, Phillip, che le porse un bicchiere d'acqua.

"Te lo dico, stasera mi scoperò l'alfa. Apparterrà a me e vedrà quanto riesco a realizzare bene questo branco", ha detto Lorna.

Lorna era una delle donne più forti e dominanti del branco. Anche se l'odore della sua forza la circondava, Taïna percepì un accenno di bugie e insicurezza. L'alfa non le mostrò alcun interesse. Lei lo sapeva, e anche Taïna.

"Non sarebbe in grado di trovare una donna più capace", ha detto Rachel. Era la campionessa numero uno di Lorna e, da quello che Taïna poteva dire, era molto innamorata di Lorna.

Non sarebbe andata lì.

"Hai fatto un buon lavoro, Taïna", disse Lorna.

C'è stato un tempo in cui erano amici a scuola. Quando però Taïna non riuscì a trasformarsi in lupo, Lorna prese le distanze da lei.

"Grazie. Spero che vi divertiate e non dimenticatevi almeno di ballare, per favore." Offrì a Lorna un sorriso insieme a Rachel.

"Sai che non devi parlarle", disse Rachel. "Tutti sanno che è zoppa. Non posso credere che la teniamo nel branco."

"Attento alla lingua", disse Lorna. "Taïna è un branco e lo sarà sempre. La tua antipatia per lei è infondata e, francamente, crudele. Non ti ha fatto niente.

Taina a sinistra, non vedendo motivo di cercare di difendere il suo angolo. Lorna l'aveva fatto per lei e Taïna aveva preso nota di mandarle un cesto di dolcetti la mattina dopo.

Aveva bisogno di un po' d'aria fresca.

L'odore del bisogno, del sesso e della violenza era pesante nell'aria e, quando ciò accadeva, la faceva sentire un po' sopraffatta.

Una volta fuori dalla porta, girò intorno all'edificio, dirigendosi sul retro del bar verso il lago.

Adorava stare in riva al lago perché l'acqua calma la aiutava a calmare i nervi come nient'altro poteva fare.

Facendo un respiro profondo, guardò il lago, vedendo quanto fosse bello. Sotto c'erano dei pesci che nuotavano, ma il branco preferiva cacciare piuttosto che pescare.

"Non dovresti essere qui da sola", disse Marvens, sorprendendola.

Si voltò e, infatti, l'alfa, che era due volte più grande di lei, in pura muscolatura rimase lì, con l'aria un po'... lacerata.

"Mi dispiace. Il ballo è nella stalla. Ci sono un sacco di donne che ti aspettano." C'era di nuovo quel profumo. Quello che le faceva venir voglia di avvicinarsi a lui e accarezzarlo con le mani.

Tuttavia non cedette ai profumi.

"Cosa fai qui? Qualcuno ti ha fatto arrabbiare?"

"NO. Ovviamente no. Mi sto solo prendendo un po' di tempo per rilassarmi." Lei gli sorrise. "Sei venuto."

Era così felice che lo avesse fatto.

La sorprese mentre faceva un altro passo verso di lei.

Taina rimase perfettamente immobile mentre si avvicinava. Inclinando la testa all'indietro, non aveva scelta per poterlo guardare.

"Non ti voglio qui da solo."

"Sono perfettamente al sicuro."

"Io sono l'alfa. La mia parola è legge e, quando si tratta di te, non sei al sicuro.

Si mise le mani sui fianchi. "Mi scusi?"

"Mi avete sentito. Non sei al sicuro e non permetterò che tu venga ferito."

"È perché pensi che io sia debole?"

«Sei debole, Taïna.»

Le afferrò il braccio e nel momento in cui lei la toccò, non poté fare a meno di trattenerlo. Anche se cercava di respingerlo, gli avvolse le braccia attorno al collo e vi premette il viso contro. Puzzava di paradiso.

Così ricco e avvincente.

La sua figa è diventata liscia.

Era vergine e in quel momento avrebbe voluto premersi contro la lunghezza del suo cazzo e massaggiarlo finché non venisse.

Meraviglie emise un ringhio e nel giro di pochi secondi fu schiacciata contro un albero. Il suo cuore batteva forte, solo che non era per paura. Non sapeva cosa stesse succedendo, sapeva solo che non poteva impedirsi di desiderare ancora il suo tocco.

"Cosa sta succedendo?" lei chiese.

Meraviglie la fissò per quello che sembrò il tempo più lungo, i suoi occhi verdi si trasformarono in un ambra chiaro prima di tornare al verde. Le afferrò le braccia e le premette sopra la sua testa.

"Tenerai quella cazzo di bocca chiusa su questa cosa."

Prima ancora che potesse chiedergli cosa, le sue labbra erano sulle sue, e lei si stava sciogliendo al suo tocco. Le sue labbra presero possesso di quelle di lei, e mentre le mordeva appena un po', il bisogno di lui cominciò a crescere più forte che mai.

capitolo 2

Questo era ciò che sembrava il paradiso. Per molto tempo, Marvens aveva cercato di ignorare questo bisogno di Taïna, ma vedendola tutta sola, vulnerabile, sexy da morire nel suo dolce vestitino, non c'era modo che potesse andarsene. Non voleva. Era stata progettata per essere scopata e il destino aveva fatto in modo che fosse la sua compagna.

Lo sapeva da molto tempo e ora non poteva allontanarsi da lei.

Non voleva.

Lei era tutto ciò che aveva sempre desiderato e non poteva lasciarla andare. Non adesso.

Affondando le dita tra i suoi capelli, la tenne ferma mentre le violentava la bocca. Non c'era niente di gentile nel suo bisogno di lei.

Staccandosi dalle sue labbra, scese fino al collo, proprio sopra il suo polso, che batteva forte. Poteva sentire l'odore della sua eccitazione, ed era una cosa dannatamente inebriante. Facendo scorrere la lingua sul suo polso, non aspettò di dare un morso e, mentre lo faceva, lei emise un sussulto. Le coprì la bocca con la mano.

L'ultima cosa che voleva in quel momento era che qualcuno li trovasse.

Il suo cazzo minacciava di esplodergli fuori dai pantaloni, e anche se la voleva, non avrebbe portato il suo compagno contro un dannato albero.

Non stasera.

Morse un po' più forte. Il suono delle sue grida era attutito dalla sua mano, ma non gli importava. Voleva scoparla così tanto, ma doveva continuare a ricordare a se stesso che doveva aspettare.

In lontananza sentì delle persone che venivano verso di loro, probabilmente nella speranza di godersi l'acqua.

Smise di mordere e baciare Taïna, e invece la prese in braccio e la portò più lontano nel bosco, per mascherare il loro odore.

"Cosa fai?" lei chiese.

"Stai zitto."

"Non dirmi di stare zitto."

"Sono il tuo alfa. Farai come ti è stato detto."

"Allora perché non devo ascoltarti?" lei chiese.

Ciò fece fermare i Marvels. La posò di nuovo sul pavimento e la premette contro l'albero. Il profumo della terra li circondava.

"Non vuoi stare zitto?"

"NO."

"Che interessante", ha detto.

Non era interessante. Quando dava un ordine al branco, dovevano seguirlo senza fare domande. Non aveva mai dato a Taïna un ordine diretto, ma questa sarebbe stata la prima volta nella sua vita da alfa che non sarebbe stato obbedito. Non sapeva se gli piaceva.

"Non vuoi stare zitto?" chiese.

"NO. Anzi, voglio sapere perché mi hai appena baciato proprio adesso."

"Penso che sia ovvio."

"Che cosa? Vai in giro a baciare tutte le donne del branco?" lei chiese.

C'era un accenno di sfida nella sua voce, e una scintilla nei suoi occhi che lo rendevano così duro. Voleva solo scoparla, ma avrebbe dovuto aspettare.

"No, non lo so."

"Allora di cosa si tratta?"

Premette il suo cazzo contro il suo stomaco. "Questo è ciò che conta."

Lei sussultò.

«E tu puoi percepire quello che voglio, Taïna. La domanda è: cosa farai al riguardo?" chiese.

Molte donne avrebbero aperto le gambe, si sarebbero allargate per lui e gli avrebbero detto di fare a modo suo.

Sembrerebbe che Taïna non fosse come le altre donne. Lei gli afferrò le spalle e gli diede una forte spinta.

Si mosse a malapena, ma le diede la distanza che chiaramente desiderava.

"Non farò nulla perché non c'è niente da fare. Potrebbe piacerti dormire un po', ma ho promesso di salvarmi per il mio compagno e lo farò. Sarà l'unico uomo ad avermi. Alpha o no, non ti devo nulla. Ti sono leale, ma questo non significa che potrai avere il mio corpo.

Le sue labbra erano gonfie. L'odore della sua fica era pesante nell'aria e lei non voleva scoparlo?

Lo trovava un po' difficile da credere, soprattutto perché lei era eccitata da lui.

Ma sapeva anche una cosa che lei non sapeva: era il suo compagno.

Taina aveva salvato la sua verginità per l'uomo con cui intendeva stare.

Otterrebbe una vergine.

Una piccola parte di lui ne era davvero entusiasta. Una donna che non era stata toccata da nessun altro. Qualcuno che potesse mostrare, istruire e guidare nel modo in cui la voleva. Per darle tutto il piacere che meritava. Poi un'altra parte di lui era un po' incazzata. Sarebbe rimasta vergine, il che significava che avrebbe dovuto procedere con calma. Ci sarebbe stato dolore.

La prima volta per una donna non è mai stata facile.

Fanculo.

Non sapeva se poteva essere gentile.

Essere gentile non era mai stato nella sua natura, e ora avrebbe dovuto esserlo. Per lei.

Fanculo!

Voleva solo continuare a ripetere quella parola in modo che non lo disturbasse più.

No, avrebbe dovuto essere gentile con Taïna.

«Ora, se vuoi scusarmi. So che ci sono un paio di donne al bar a cui piacerebbe davvero ballare con te.

Le lasciò fare ancora un paio di passi, ma non poteva più continuare con quella farsa.

Non lo avrebbe detto a nessuno, e lui aveva sperato che anche lei percepisse che lui era suo compagno.

Sembrerebbe che la sua debolezza si estendesse al non sapere chi fosse il suo compagno. Non sapeva nemmeno come avesse ottenuto quella fottuta pagliuzza, ma di certo lo aveva fatto.

"Sei il mio amico", disse.

Lei si fermò e lui la guardò.

Gli dava le spalle, ma si era irrigidita.

"Che cosa?" chiese, voltandosi verso di lui. Amava i suoi occhi, penetranti, azzurri, caldi.

"Sei mia compagna, Taïna, il che significa che la ciliegina che stai conservando è tutta mia." Non intendeva essere rozzo; gli è venuto naturale.

Taina era sua e, che le piacesse o no, un giorno, presto, gli sarebbe appartenuta.

****

"Stai mentendo", disse.

Il cuore le batteva forte nel petto. Non era possibile per lei essere la sua compagna. Lei lo avrebbe saputo, no?

Hai un acuto senso dell'olfatto, ma alcuni dei tuoi sensi da lupo sono sempre stati disattivati.

Proprio come non sempre riusciva a individuare le creature nella foresta. Il suo udito era ok, ma non buono come quello di alcuni inseguitori e cacciatori del branco.

Aveva anche un po' troppa fiducia nei confronti dei turisti, una caratteristica che non aveva esattamente ereditato dalla sua parte di lupo.

Essendo un lupo, dovrebbe naturalmente cercare di tenere il branco al sicuro e parlare raramente con gli estranei. La loro piccola città aveva sempre qualche viaggiatore con lo zaino in spalla in arrivo, e lei era l'unica persona della città ad avvicinarsi a loro. Per non averne paura.

«Non sto mentendo, Taïna.»

Avrebbe potuto fiutare la menzogna.

È ciò che l'ha spaventata.

A causa della sua mancanza di tratti da lupo, in realtà ne possedeva uno raro. Sentire l'odore di bugie, verità e ogni altro profumo non era comune. Aveva sentito parlare di quelle storie e qualcuno come lei era raro, e non aveva detto a nessuno cosa poteva fare.

Meraviglie non stava mentendo.

In effetti, ora che si prendeva un momento, poteva sentire l'odore del calore dell'accoppiamento che cresceva dentro di lui. Era sempre stato una parte di Marvelns ogni volta che era con lei. Aveva immaginato che odorasse così intorno a lei perché quello era il suo odore caratteristico. Ogni volta che gli era stata vicino senza che lui lo sapesse, non aveva quell'odore.

Le piaceva il suo profumo.

Era piccante, caldo.

La teneva sempre calda sotto i vestiti, facendole pensare al sesso e a molte altre cose che aveva solo pensato di condividere con il suo compagno.

"Non puoi esserlo. Se sono tuo compagno, come mai non hai avviato il nostro legame? Mi avresti preso ormai." Incrociò le braccia sul petto nella speranza di proteggersi.

Se fosse stata davvero la compagna di Marvelns, ci sarebbero state molte femmine arrabbiate nel branco.

Fissandolo, vide la pietà nei suoi occhi.

"Hai combattuto, vero?" lei chiese.

"SÌ."

"Perché?"

"Guarda il branco intorno a te", ha detto. "Ci sono molte donne che vorrebbero prendere il tuo posto. Chi vorrebbe quello che hai."

"Non ho niente."

"Desideri. Questo pacchetto. Essere al mio fianco. Molte donne ucciderebbero per questo".

Sentì le lacrime agli occhi. "Ti vergogni di me."

"NO!"

Si guardò rapidamente intorno, controllando se qualcuno avesse sentito il suo forte grido. Era arrabbiato.

Quando lui si avvicinò a lei, lei fu tentata di fare un passo indietro, ma non poteva farlo. Non avrebbe mostrato debolezza, non adesso, non davanti a lui. Non l'avrebbe rispettata se avesse fatto qualcosa del genere.

Non potrebbe allontanarsi anche se lo volesse.

Anche se fosse stato solo per questa volta, avrebbe voluto sentire le braccia di Martens abbracciarla.

Le mise le mani sulle spalle e lei chiuse gli occhi, sentendo il suo tocco dritto nel profondo.

Si sentiva viva.

Anche al suo lupo piaceva metterle le mani addosso.

Non stavano facendo altro che toccarla. Niente di sessuale, ma sembrava che stesse bruciando viva, ma in un modo davvero positivo.

"Non mi sono mai e poi mai vergognato di te", ha detto.

"Allora perché?" lei chiese. "Ogni altro maschio che ha trovato la sua compagna non ha avuto una sola scelta in merito, eppure puoi andare e venire come preferisci. Non hai paura di stare con altre donne. Aveva visto il modo in cui alcuni uomini accoppiati reagiscono se altre donne cercavano di avvicinarsi a loro. Era una completa repulsione per il sesso opposto. Non aveva mai visto un rifiuto del genere.

"Pensi che sia facile per me guardarti da lontano? Per non reclamarti? Per non sentire il tuo corpo sinuoso avvolto attorno al mio? Non avere la tua figa sul mio cazzo, bagnata fradicia, e implorarmi di venire? Pensi che sia facile per me?"

"Penso che tu abbia molto più controllo di quanto dovresti avere per un uomo accoppiato." Cercò di liberarsi dalle sue braccia, ma lui non glielo permetteva.

Meraviglie deteneva il potere qui. Non lei.

"Lasciami andare", disse.

"NO. Non siamo ancora accoppiati. Ti ho prestato attenzione, Taïna. In effetti, se ci pensi, avresti visto solo nell'ultimo anno, che le nostre strade si sono incrociate più volte di quanto avrebbero mai dovuto. Non è facile per me. Pensi che quegli uomini che ti hanno toccato siano tornati ammaccati solo per allenarsi? Solo per allenarsi? No. Mi sono assicurato che ogni uomo che pensa di avvicinarsi a te venga punito.

Lei rise. "Senza che se ne rendano conto? Sei pazzo."

"Non sono pazzo. Non sei un lupo forte, Taïna. Sei debole e non permetterò che nessuno faccia del male al mio compagno.

"E allora? Ti accoppierai con un'altra donna?"

Ringhiò e il suono la eccitò. Le piaceva il fatto che non sopportasse che un altro uomo la toccasse.

Non aveva mai avuto a che fare con un compagno geloso prima.

Aspettare? Come potrebbe essere geloso? Aveva menzionato che stava con un'altra donna, non con lei.

«Nessun'altra donna mi attrae. Solo tu. Sei l'unica donna che voglio. L'unica donna a cui tengo. L'unica donna che voglio vedere gonfia con mio figlio. Adesso conosci la verità, Taïna, e non mi tirerò indietro. Mi apparterrai."

Detto questo, sbatté le labbra sulle sue e a Taïna non rimase più alcuno sforzo per combattere. Perché avrebbe voluto combattere qualcosa che sembrava così incredibile?

Aveva un sapore incredibile. Il calore che emanava da lui era già una qualità che creava dipendenza.

Lei gemette il suo nome, avvolgendogli le braccia attorno al collo e desiderando tenerlo stretto il più a lungo possibile.

capitolo 3

Lasciare il ballo era l'unico modo in cui Martens poteva controllarsi. Alla fine riuscì a baciare Taïna senza che nessuno la vedesse, a stringerla, a dirle la verità. La passione che provava per lei non sarebbe più stata rinchiusa in una gabbia. Voleva liberarsi, reclamarla finalmente, ma per farlo doveva renderla sua e, perché la città lo sapesse, non le sarebbe stato fatto del male.

Come la maggior parte delle lune piene che si avvicinano, spesso andava nella sua cabina per prendersi del tempo per pensare e per elaborare un piano per il giorno successivo.

Oggi non era diverso, ma aveva anche lasciato a Taïna un grande mazzo di rose con il messaggio di venire da lui.

Ciò potrebbe avvenire in due modi.

Avrebbe potuto combatterlo, cosa che il suo lupo avrebbe più che amato inseguire. L'accoppiamento sarebbe stato duro e lui avrebbe lottato per essere gentile per farla sua. Ancora una volta, non gli importava. Oppure poteva riprendere i sensi e avvicinarsi a lui come un bravo lupo.

Sapeva cosa voleva tra loro. Sperava solo che avesse più buon senso che combattere questa attrazione.

Non pensava che ce ne fosse uno, ma lui l'aveva sentito la notte prima. Il suo corpo era pronto per lui. Voleva questa affermazione anche se cercava di combatterla.

Seduto sulla veranda, attese. Il conto alla rovescia era già iniziato nella sua testa. Se non fosse arrivata entro mezz'ora, lui le avrebbe dato la caccia. Non avrebbe avuto alcuna possibilità quando lui avesse finito.

Tutti in città avrebbero saputo a chi apparteneva.

Proprio mentre stava per andare a prenderla, sentì spezzarsi un ramoscello.

"Pensi di potermi evocare come un bambino cattivo?" chiese Taïna uscendo dalla foresta. "L'alfa potresti essere, ma come abbiamo appreso ieri sera, non devo eseguire i tuoi ordini."

«Eppure eccoti qui.»

"Cosa vuoi?" chiese, incrociando le braccia sul petto. La maglietta che indossava era un po' attillata e mostrava la pressione delle sue tette carnose. Sembrava spettacolare.

Quelle tette, quel culo, i suoi fianchi, le cosce, appartenevano tutti a lui.

Una vergine.

Intatto.

E si sarebbe assicurato che sapesse come sporcarsi e scopare. Sarebbe appartenuta totalmente a lui.

"Sai cosa voglio." Scese dal portico e le diede punti per non essere scappata. Non sembrava nemmeno spaventata da lui, cosa che secondo lui era la massima eccitazione.

"Non pensi che io sia abbastanza forte per stare al tuo fianco."

"La forza non è un problema. Ti proteggerò, Taïna. Non riesco proprio a sopportare il pensiero che qualcuno voglia portarti via da me. Lui si avvicinò a lei.

Lei abbassò le braccia e lui vide le punte dure dei suoi capezzoli premere contro il tessuto. Il suo petto era arrossato e le sue labbra sembravano pronte per essere baciate... o usate meglio.

"Non possiamo fare nulla", ha detto. "Nel momento in cui mi toccherai, la città sentirà il tuo odore."

Riconobbe il suo odore di accoppiamento. Interessante.

Archiviò per dopo quell'informazione che lei si era appena lasciata sfuggire.

Allungandosi, giocò con la spallina della sua camicia. Lei non lo mosse né lo scacciò via. Lo ha sentito anche lei?

La sua mano andò al suo fianco e lui la voleva. Il calore. L'esigenza. Pulsava tra loro.

Aveva aspettato troppo tempo per farlo.

Fissandola negli occhi azzurri, non riusciva più a controllarsi. Prendendo le sue labbra in un bacio bruciante e consumante, la sollevò senza alcuno sforzo. Lei emise un sussulto e lui lo deglutì mentre la trasportava nella sua cabina. Sbattendo la porta, la spinse contro di essa.

Con le gambe avvolte attorno a lui, la sua figa era proprio accanto al suo cazzo dolorante. Indossavano troppi vestiti e lui doveva toglierseli.

Lui ringhiò contro la sua gola e non voleva altro che scoparla qui e ora contro questa porta.

Vergine.

Doveva continuare a ricordare il suo stato vergine.

Meritava di più di una scopata dura senza letto.

Allontanandoli dalla tentazione, la portò giù in camera da letto, solo che la adagiò sul pavimento in modo che potesse stare in piedi.

"Puoi scappare da me, Taïna. Continuerò a prenderti e l'intera città vedrà il nostro combattimento. Oppure puoi restare qui e io posso reclamarti. Diventerai mio, poi affronteremo insieme la città e annunceremo a chi appartieni.

I suoi respiri pesanti spingevano verso l'alto quelle gloriose tette affinché lui potesse toccarle.

"Ci sono così tante altre donne che sarebbero più adatte."

Ringhiò. "Nessuno in questo branco sarebbe più adatto di te. Questa non è una competizione di forza. Tu sei il mio compagno. Resterai al mio fianco. Ora togliti quei dannati vestiti." Si tirò la maglietta sopra la testa, gettandola a terra. Aveva finito di discutere. Il suo lupo era arrabbiato perché lei poteva anche solo pensare ad un'altra donna al suo fianco. Nessun altro sarebbe mai stato abbastanza bravo. L'unica donna che voleva era Taïna. Era l'unica donna che avrebbe mai accettato in una posizione del genere.

Non si era tolta nessun vestito e lui sapeva che avrebbe provato a scappare.

La afferrò per la vita e le premette le labbra sul collo. Non sarebbe andata da nessuna parte. Taïna aveva un acuto senso dell'olfatto, e anche lui. Non voleva andare da nessuna parte. Taïna voleva scappare, ma voleva anche che lui la prendesse, e lui era più che felice di farlo. Voleva il suo profumo addosso così nessuno avrebbe mai dubitato a chi appartenesse.

****

TainaIl lupo di Marvel adorava avere le braccia di Martens avvolte attorno a lei, e anche lei. Non ne aveva mai abbastanza di lui. Lui era tutto ciò che aveva sempre desiderato, e la spaventava il fatto che in poche ore le avesse fatto questo.

Era Marvel? O il potere dell'accoppiamento?

La prese in braccio con facilità e la portò nella sua camera da letto. Non era mai stata nella sua cabina prima, quindi per lei era tutto nuovo.

Lei strillò per l'eccitazione mentre lui la lasciava cadere sul letto. Anche se era la prima volta, non aveva paura. In effetti, era più che pronta a qualunque cosa lui volesse farle.

Quindi pronto.

La guardò dall'alto, con le braccia pesantemente tatuate in bella mostra. Vide il lupo su ciascun braccio ed erano così sexy. Era un uomo forte e lei si leccò le labbra improvvisamente secche mentre lui si chinava. Le sue braccia passarono ai lati delle sue gambe mentre la fissava.

"Non hai idea di cosa mi stai facendo da mesi."

"Lo so." Non poté resistere a guardargli l'inguine e, infatti, premuto contro il davanti dei suoi pantaloni, risaltava la prova stessa della sua eccitazione e del suo bisogno. Il suo cazzo era enorme e lei non stava esagerando.

Ancora una volta, doveva succedere qualcosa con questo ormone dell'accoppiamento perché non aveva paura.

Le sfiorò il bordo della maglietta e, prima ancora che lei si rendesse conto di cosa stava succedendo, gliela mise sopra la testa e la gettò da parte.

Indossava un reggiseno e lui gemeva.

"Questi bambini non dovrebbero mai essere confinati. Quando siamo soli, non indossi nessun vestito. Con un semplice movimento del polso, le sue tette si liberarono e questa volta poté solo gemere mentre lui le teneva entrambe tra le mani.

Chiuse gli occhi, inclinando la testa all'indietro per dargli accesso al suo corpo. Non è stato un errore. Sentiva quanto fosse giusto nel suo profondo.

Il suo bisogno di lui chiedeva di più, aveva bisogno di lui più di ogni altra cosa.

"SÌ!"

Lei sussultò quando la sua mano entrò tra le sue cosce, toccandola.

"Hai idea di quanto sei attraente in questo momento?" chiese. "Il tuo corpo sta implorando il mio cazzo e io sono l'unico che può darti ciò di cui hai bisogno."

Non avrebbe discusso.

Le tolse i pantaloncini e le sue mutandine lo seguirono. Indossava ancora un paio di jeans, ma a lei non importava.

Allargando le gambe, gridò il suo nome mentre la sua bocca andava dritta alla sua figa. Non c'era bisogno di alcun permesso, soprattutto quando la sua lingua iniziò a danzare sul suo clitoride, accarezzandola.

Il piacere fu istantaneo, intenso, e lei non riuscì a resistere all'improvviso assalto del bisogno mentre lui la portava sull'orlo del rilascio.

Che senso aveva combattere? Non quando sapeva cosa stava facendo, e lo faceva così bene.

"Ti piace, tesoro?" chiese.

"SÌ."

"Bene. Voglio che tu mi venga in faccia, e quando lo farai, ti scoperò per bene e duramente e ti farò tutto mio.

Lo desiderava così tanto, e mentre lui continuava a sfiorarle il clitoride con la lingua, sentì la sua eccitazione iniziare a crescere.

Era il maestro. Quello in carica.

L'ha lavorata fino a quando non riusciva a pensare, e quando è arrivata, Martens non si è fermato. La sua lingua la trascinò in un secondo orgasmo nel giro di pochi secondi.

Aveva passato molto tempo a immaginare la sua prima volta con un uomo, dall'orgasmo al sesso, e fino a quel momento era di gran lunga migliore di qualsiasi cosa avesse mai potuto immaginare.

Aprendo gli occhi, lo guardò mentre si toglieva i jeans prima di salire sul letto. Questa volta, la spinse su finché la sua testa non fu contro i cuscini, e le sorrise.

"Ciao, carino amico."

Allungò la mano come per toccarlo, solo per fermarsi. Potrebbe toccarlo? Le è stato permesso?"

"Toccami, Taina. Voglio te. Voglio ogni singola parte di te.

Mettendo le mani sulle sue spalle, gli accarezzò il petto, allungandosi tra loro per circondare il suo cazzo.

Era duro come la roccia e tuttavia morbido. Nessuno dei libri che aveva letto poteva nemmeno essere paragonato a questo momento.

"Farà male", ha detto.

"Lo so."

"Non voglio farti del male." Le scostò un ricciolo dal viso e lei gli sorrise.

"Non mi farai del male."

La guardò dubbioso, ma non capì cosa intendesse. Sapeva che sarebbe stato doloroso, ma dopo, lui sarebbe stato in grado di prendersi cura di lei, di mostrarle cosa significasse davvero fare l'amore.

Lui le prese le mani e le spinse sopra la sua testa, tenendo entrambe le sue dentro una delle sue, bloccandola in posizione.

Lei lo guardò, in attesa.

Meraviglie si allungò in mezzo a loro, afferrandogli il cazzo.

Si morse il labbro, i nervi tornarono più forti che mai.

Mentre le faceva scivolare il cazzo sul clitoride, lei sussultò, inarcandosi al suo tocco.

Le urtò il clitoride un paio di volte, creando un calore che la fece desiderare ancora di più.

Lentamente, scivolò giù finché non fu in bilico davanti al suo ingresso.

Lei lo fissò negli occhi, e poi con una forte spinta, lui sbatté ogni singolo centimetro del suo cazzo dentro di lei, squarciando il sottile muro della sua verginità finché non arrivò all'elsa dentro di lei.

Urlando il suo nome, cercò di staccarlo di dosso, ma non c'era modo di spostarlo.

Il dolore era intenso e le toglieva il fiato per la sua pura potenza. Non poteva credere che nulla le avesse mai fatto così male. La pressione tra le sue cosce sembrò aumentare mentre lui la prendeva.

Non era più vergine.

capitolo 4

Dopo aver preso la verginità di Taïna, Marvens fece un bagno. Si sentiva un fottuto mostro. La verginità di una donna doveva essere un dono e gli uomini l'avevano desiderata per così tanto tempo, ma per lui non si sarebbe mai liberato dell'urlo che lei aveva lanciato quando l'aveva presa.

Il suono e lo sguardo nei suoi occhi lo avrebbero perseguitato per sempre.

Ritornando al letto, la trovò rannicchiata, che guardava verso di lui, sorridente. C'erano sangue e sperma sulle lenzuola. Aveva intenzione di ripulirli e bruciarli. L'odore metallico riempiva l'aria e serviva solo a farlo arrabbiare perché era lui la causa del suo dolore.

"Ehi", disse.

Si sedette sul bordo del letto. "Come ti senti?"

"Strano. Io... però non siamo accoppiati."

"Non ancora, ma lo saremo."

"Perché non mi hai morso? So che il morso sul collo mi rivendicherebbe come tuo.

Le prese la mano, intrecciando le loro dita.

«Il morso dell'accoppiamento è doloroso, Taïna. Ne ho già preso così tanto oggi.

"Non volevi più farmi del male."

"Non ho mai sperimentato il morso. Ho sentito solo storie di altre donne che l'hanno fatto, e non potrei farti una cosa simile. Non oggi almeno."

"Sei sconvolto", ha detto.

Avrebbe dovuto metterla in guardia dal rivelare troppi dei suoi segreti tutti in una volta. Finora gli aveva detto almeno due volte che poteva annusare le emozioni. Un regalo raro davvero. Stava iniziando a capire che il suo lupo aveva molto più da offrire di quanto avesse pensato inizialmente. Potrebbe non avere il dono della forza o la capacità di girarsi durante la luna piena, ma ciò che possedeva era davvero raro, ed era un talento che lui voleva tenere nascosto.

Alcuni lupi erano ricercati proprio per questo motivo perché potevano essere usati per individuare bugie e certi odori, e ciò significava che si poteva abusare del loro potere. Suo padre una volta gli aveva detto, molte lune prima, di proteggere sempre i vulnerabili e coloro che sembravano più deboli.

"Mi conosci già così bene."

"Non è che tu mi dia molto su cui lavorare." Gli toccò il braccio. "Non sento dolore adesso."

"Lo so, ma il morso; dobbiamo essere entrambi pronti per il branco quando ti reclamerò.

"Pensate davvero che ci sarà molta opposizione? Mi piace".

"Piacere e occupare una posizione di potere sono due cose diverse." Le baciò le nocche e si alzò. "Per ora voglio lavarti. Mi aiuterà a sentirmi meglio."

La prese tra le braccia e la portò in bagno. Calandola nella vasca con tutte le bolle per aiutarla a rilassarsi, lasciò che togliesse le lenzuola. Li raccolse, cambiandoli per un nuovo set.

Il sangue non lo rendeva felice.

Il dolore che aveva provato, desiderava cancellarne il ricordo il prima possibile. Con il letto che sembrava molto meglio, tornò in bagno e la trovò riposante.

Aprì gli occhi nel momento in cui entrò e sorrise.

Gli piaceva così tanto il suo sorriso.

Salendo dietro di lei, la avvolse tra le braccia e premette il viso contro il suo collo, inspirandola.

"Mi sei mancato così tanto", ha detto.

"Sono stato qui tutto il tempo."

"Non sto parlando di adesso", ha detto con una risatina. "Non hai idea di quante volte avrei voluto stare con te e non ho potuto a causa del branco."

"Sei l'unico che ci ha trattenuto, Martens." Lei si rannicchiò contro di lui. Gli spostò il braccio attorno al collo e si inclinò all'indietro in modo che potesse guardarla negli occhi. "Non vado da nessuna parte."

"Mi credi adesso?" chiese.

"Posso sentirmi parte di te."

Il suo sperma era dentro di lei. Voleva più di ogni altra cosa che ciò rimanesse, che avessero un bambino.

Aveva già sprecato così tanto tempo negando la verità. Voleva fondare una famiglia con lei. Chinandosi, le posò una mano sullo stomaco e si chiese se sarebbe stato così fortunato da averla già messa incinta.

"Quando lo diremo alla città?" lei chiese.

Le accarezzò la pancia e si chiese se ci fosse un modo per tenerla chiusa lì finché non l'avesse messa incinta.

Una compagna incinta non poteva essere attaccata. Le leggi del branco lo vietavano. I cuccioli dovevano essere protetti a tutti i costi.

"Presto." Le baciò il collo. "Per ora voglio solo prendermi cura di te."

"So che ti senti in colpa, ma non è così grave. Prometto. Non fa nemmeno più così male".

Non gli dava conforto.

«Te lo prometto, Taïna. Non farà più male così. Ti mostrerò che il sesso non sarà mai più doloroso.

Lei si mosse tra le sue braccia, e lui attese mentre lei si girava, a cavalcioni della sua vita.

Fissandola negli occhi azzurri, le scostò parte dei capelli neri dalla spalla. Farebbero dei bambini bellissimi. Non gli importava se avevano un figlio, una figlia o entrambi. Ora, gemelli, potrebbe tranquillamente portare con sé due bambini.

"Ho bisogno che tu smetta di preoccuparti. Sapevo che sarebbe stato doloroso e non ti biasimo, nemmeno un po'. Gli baciò le labbra.

"Non fraintendermi, amo di più questa... donna disponibile, ma cosa è cambiato rispetto a ieri sera?" chiese.

Era stata così irremovibile che lui si sbagliava.

"Posso sentire chi sei", ha detto. Gli mise una mano sul petto. "Non si può contrastare il richiamo dell'accoppiamento. Siamo destinati a stare insieme e, anche se mi spaventa, non scapperò da te." Lo baciò di nuovo e lui affondò le dita tra i suoi capelli, affascinandole le labbra. Lei era tutto per lui e molto di più.

Taina Tentò per la centesima volta la porta d'ingresso della cabina di Martens. Era chiuso a chiave. Potrebbe essere un lupo, ma non aveva la forza di sfondare la sua serratura forzata.

Due giorni prima aveva finalmente scoperto che erano compagni.

Ieri le ha preso la verginità.

Quel giorno l'aveva chiusa nella sua cabina mentre andava a occuparsi del branco in città.

Non sapeva perché avesse ritenuto necessario rinchiuderla. Non che fosse un problema, ma eccola qui, rinchiusa e non poteva uscire.

"Sul serio. Perché, Marte?» Lasciò andare la maniglia e si mosse verso la porta sul retro che era al confine della cucina. Sicuramente era chiuso a chiave.

Sarebbe riuscita a rompere una finestra, ma non voleva causare alcun danno alla sua cabina.

Allontanandosi dalla tentazione, si sedette al tavolo della cucina, stringendo le mani.

Indossava un paio dei suoi pantaloncini e una maglietta lunga. Erano almeno due taglie più grandi per lei e profumavano di lui.

Con la luna piena quasi su di loro, ora poteva percepire il suo lupo ancora più chiaramente che mai.

Era sempre consapevole del suo lupo, ma mai così. Considerando quanto il suo lupo fosse vicino alla superficie, era così che credeva che i Marte fossero compagni.

Compagni.

Taina sorrise. Aveva sempre pensato che il suo compagno sarebbe stato diverso. Non un'alfa. Mai il leader.

La sua paura che lei venisse aggredita era decisamente fondata. Si sapeva che le donne diventavano piuttosto cattive e crudeli quando sentivano che qualcuno aveva preso il loro posto. Niente di tutto questo ha mai avuto senso per Taïna.

Se uomini e donne dovevano essere compagni, i loro lupi erano stati destinati dal destino a innamorarsi e a stare insieme, non sapeva come qualcuno potesse anche solo pensare di portare via una donna o un uomo da una tale unione, ma aveva sentito dire storie di ciò che accade.

Alzandosi dalla sedia, si mosse verso la camera da letto, aprendo l'armadio. L'odore di Marte era ovunque e, in quel momento, il suo lupo voleva sentirlo vicino.

Facendo scorrere le dita lungo le magliette, sorrise, ricordando il numero di volte in cui lo aveva visto passeggiare per la città.

Anche se lei cercava di distogliere lo sguardo, lui aveva attirato il suo sguardo. Era quello il richiamo dell'accoppiamento? Lei non lo sapeva.

Meraviglie era un uomo così potente. Aveva già assistito al suo potere quando aveva dovuto affrontare il branco.

Non ha mai permesso a nessuno di causare problemi all'interno del branco.

Calandosi sui suoi pantaloni, sorrise mentre ne catturava alcune paia con i buchi dove aveva camminato nel bosco. Accarezzò i pezzetti di tessuto strappati e gli chiese di prendere il kit da cucito da casa. Lei avrebbe potuto fare di più che riparare qualsiasi danno che avesse causato.

Saltò quando la porta della cabina si aprì e si chiuse.

Correndo fuori dalla stanza, trovò Martens in cucina, che scaricava sacchi di cibo.

"Mi hai rinchiusa", disse, incrociando le braccia sul petto.

Si voltò verso di lei con un sorriso. "Avevo una buona ragione per farlo."

"Sì, cosa consideri esattamente una buona ragione?"

"Cibo." Lui le fece l'occhiolino e le tese la mano affinché potesse guardarlo. "Oppure non sei d'accordo?" Il suo stomaco scelse proprio quel momento per ringhiare. "Vedi, mi sto solo prendendo cura della mia donna." La attirò a sé e lei sentì l'odore delle altre donne e del branco su di lui.

Ha cercato di allontanarsi.

"Non ero vicino a nessuno, te lo prometto. Sono andato al municipio. Un paio di persone mi hanno chiesto dove fossi a causa dei panini e io ho detto loro che non ti sentivi bene e quindi non saresti stato disponibile per un paio di giorni. Mi stavo prendendo cura di te."

"L'hai detto alla gente?" lei chiese.

"SÌ. Nessuno si sognerebbe mai di venire qui". Lui le fece scorrere le mani lungo la schiena, afferrandole il sedere. "Ti sono mancato?"

"NO." La bugia cadde facilmente dalle sue labbra, ma quando lui alzò le sopracciglia, lei alzò gli occhi al cielo. "SÌ. Non c'era bisogno che mi chiudessi dentro."

"Non voglio che tu vada in giro. Non con il mio odore dappertutto e dentro di te. Non ti ho ancora preso, e se avessimo dei nemici nelle vicinanze, cercherebbero di portarti via da me.

«Sono anni che non vediamo nemici in città, Martens. Ti preoccupi troppo."

"Mi sono preso cura dei nostri nemici prima ancora che arrivassero in città, Taïna. Prendo sul serio la sicurezza del branco.

Il suo cuore iniziò a battere forte. "I nostri nemici si sono avvicinati?"

"SÌ. Parecchie volte. Non devi preoccuparti però. Faccio tutto il possibile per respingerli".

"Li uccidi?"

"SÌ."

"OH."

"Non sei arrabbiato con me?"

"No, certo che no", ha detto. "Se rappresentano una minaccia per il branco, allora dobbiamo ucciderli." Lei sussultò.

Ridacchiò. "Questo è un altro motivo per cui voglio tenerti lontano dal branco. Sei troppo buono per tutti." La baciò sulla guancia. "Lascia che ti prenda qualcosa da mangiare."

Non era troppo buona per loro. Guardando Martens mentre disimballava il cibo e iniziava a tagliare alcune verdure, i suoi nervi erano tornati di nuovo.

"Chi porti con te quando incontri il nemico?" lei chiese.

"Nessuno. Pattuglia da solo. Non posso avere nessuno lì. È troppo pericoloso."

"Quindi metti a rischio la tua vita per proteggere gli altri?"

Alzò lo sguardo. "Non preoccuparti, amore mio. Onestamente, non devi preoccuparti. Sono un alfa forte e capace. Posso proteggere te e il branco."

"Ma tu che mi dici? Non voglio che tu lo faccia da solo.

"Lo faccio ormai da un po' di tempo. Sono ancora vivo."

"Non aggiusta le cose, e se in qualsiasi momento si verificano degli errori, cosa succede allora?"

«Pensi che commetterei un errore?» chiese.

"NO. Quello che penso è che finalmente ci siamo ritrovati, e se dovesse succederti qualcosa, non so se riuscirei a gestirlo.

Posò il coltello e si mosse verso di lei. "Non mi succederà nulla. Starò sempre attento e tornerò sempre da te.

Le prese il viso e la baciò.

Non ha alleviato le sue paure.

Capitolo 5

"Sei un'ottima cuoca", disse Taïna, asciugandosi le labbra con un tovagliolo. "È stato così bello."

"Ho avuto anni di pratica." Prese il suo piatto, poi quello di lei e li portò in cucina. Le aveva preparato un soffritto di verdure con tanto peperoncino. A differenza degli altri lupi del branco, non mangiava molta carne. Conosceva il suo amore per le spezie e da quando l'aveva scoperto aveva fatto quanti più esperimenti possibile.

Con i piatti nel lavandino, andò al frigorifero e tirò fuori la torta al cioccolato fondente che aveva comprato anche lei.

Tagliandoli entrambi in una fetta, li mise ciascuno su un piatto più piccolo prima di tirare fuori il gelato dal frigo. Con una bella, abbondante porzione di dessert gelato, portò i piatti in tavola.

"Wow", ha detto. "Non avevo idea di come dovrebbe andare un appuntamento."

Questo era più di un semplice appuntamento. I Marvelenni intendevano trattarla come una regina d'ora in poi. Non c'era più modo di nascondersi.

Sapeva che era un po' dolorante, ma sarebbe stata in grado di riprenderlo. Una volta terminata la cena, lei non si sarebbe alzata dal letto finché lui non avesse completato l'accoppiamento.

Andare in città era stato rischioso. Aveva effettuato un controllo del perimetro prima di avventurarsi in città, coprendosi con l'odore della foresta prima ancora di rischiare una possibilità in città. C'erano un paio di donne lì, ed era stato quasi impossibile nascondere la repulsione che ispiravano.

Tornato nella sua cabina, da solo con la sua donna, avrebbe potuto gestire qualsiasi cosa.

La guardò mentre prendeva un po' di gelato e un morso di torta. Chiuse gli occhi e gemette.

Presto il suo cazzo sarebbe stato nella sua bocca e lei avrebbe gemito per tutta la sua lunghezza.

"Questo è così bello."

"Sono felice che tu approvi." Le fece l'occhiolino e le sue guance si infiammarono. "Sì, sto facendo pensieri sporchi."

"Non ci sono nemmeno andata", ha detto. Diede un altro morso. "A cosa stai pensando esattamente?"

Ridacchiò. "Le tue labbra si sono avvolte attorno al mio cazzo."

"Oh", disse.

"Non preoccuparti. Ti mostrerò cosa fare."

"Scommetto che lo dici a tutte le ragazze."

"Nessuno. Non ti mentirò, Taïna. Sono stato con altre donne, ma nessuna di loro sarà mai paragonabile a te. Non voglio nemmeno pensarci. Avrei voluto venire da te vergine, ma non è stato possibile. Non per noi. Le prese la mano tra le sue, stringendola delicatamente, cercando di offrirle una sorta di rassicurazione.

"Va bene." Lei rise. "Sei tutto mio adesso."

"E nessuno saprà mai quanto sono bravo."

Finì il dessert e la osservò.

Nel momento in cui ebbe finito, non poteva più aspettare. Sollevò il tavolo, spostandolo dalla sua portata, e si inginocchiò davanti a lei, premendo il viso contro la sua figa. Non poteva ancora sentire l'odore se l'avesse messa incinta, ma ora aveva tutta la notte.

Sollevandole dalla testa la maglietta che le aveva dato, si tolse anche i pantaloni che le aveva fornito e lei si sedette nuda sulla sedia.

"Ecco, questo è ciò a cui ho pensato tutto il giorno." Allargandole le cosce, premette la mano contro la sua figa e fece scivolare due dita nel suo calore scivoloso. Era già bagnata per lui e non sussultò né si ritrasse dal suo tocco.

L'ha scopata con le dita, guardandola mentre gridava e spingeva il corpo verso il bordo del sedile.

Facendo scivolare le dita sul clitoride, non riusciva a distogliere lo sguardo mentre lei era così vicina all'orgasmo.

Doveva assaggiarla e sostituì le dita con la lingua, sfiorandole il clitoride.

Lei affondò le dita tra i suoi capelli, spingendo la figa contro la sua bocca mentre lui le succhiava il clitoride. Era la cosa migliore che avesse mai mangiato, e lui le scopò di nuovo la figa con le dita, allargandole la figa in modo che potesse prendere il suo cazzo. Voleva prendersi il suo tempo stasera. Quando finalmente le avrebbe messo il cazzo dentro, avrebbe fatto valere ogni momento.

"Marveni!" Ha gridato il suo nome.

«Vieni per me, Taïna. Vienimi in faccia."

Lei piagnucolò e lui le morse il clitoride prima di calmarlo con il piatto della lingua.

"Sì, sì, è così bello."

Lui sorrise, amando il modo in cui lei si concedeva a lui così facilmente. Non ci furono litigi tra loro. Era esattamente come doveva essere.

Era stato stupido a nasconderle la verità per così tanto tempo. Aveva il diritto di saperlo molto prima, e lui non avrebbe dovuto passare molte notti solitarie pensando solo a lei, a quel momento.

Quando arrivò, lui leccò la sua panna, crogiolandosi nel gusto e nella sensazione della sua resa. Lei era tutto ciò che avrebbe mai potuto desiderare, e non poteva negare il suo bisogno di lei.

Il suo cazzo era così duro che premeva contro la parte anteriore dei suoi pantaloni.

Strappandosi i jeans, se li infilò lungo le gambe mentre si alzava, togliendosi velocemente i vestiti.

Un giorno, presto, l'avrebbe scopata in ogni singola stanza e superficie della sua cabina, e nella foresta circostante. Oggi, e finché non si fosse abituata a prendergli il cazzo, l'avrebbe sempre tenuta a letto.

Prendendola tra le braccia, la portò nella sua camera da letto, lasciandola cadere sul letto.

Sembrava così giusta nella sua stanza, nella sua cabina, nella sua vita. Il loro futuro era insieme e lui non l'avrebbe mai abbandonata. Mai.

****

Una parte di Taïna era nervosa.

Avevano fatto sesso ieri, e le aveva fatto male più di qualsiasi cosa a cui avrebbe mai potuto paragonarlo. Oggi era bagnata, così liscia e pronta. Fissando il suo cazzo adesso, non poteva resistere alla tentazione di avvolgere le dita attorno alla sua lunghezza e di palparlo.

Il pre-cum fuoriuscì dalla punta e lei lo infilò nella sua asta.

Lui emise un piccolo ringhio, il suono echeggiò nella stanza e le fece indurire i capezzoli.

"Non so quanto durerò. Stasera riguarda te.

"Allora fanculo a me, Marvelns. Mostrami quanto può essere davvero bello.

La spinse sul letto e le aprì le gambe. «Guardami, Taina. Voglio che tu guardi il mio cazzo. Guarda mentre ti scopo."

La punta del suo cazzo entrò nella sua fessura e lei si morse il labbro mentre li fissava. Il suo cazzo era lungo e grosso. Non sapeva se sarebbe mai riuscito a entrare dentro di lei senza provare dolore, ma mise da parte quei dubbi e quelle paure e si concentrò invece su di lui. Si sarebbero adattati insieme perché era quello per cui erano stati progettati.

Non era più vergine.

Fece scivolare il suo cazzo verso la sua entrata e lei non poté fare a meno di irrigidirsi.

"Rilassati piccola. Non prendertela con me adesso."

Questa volta, Martens non l'ha scopata forte o velocemente. Lui lentamente, centimetro dopo centimetro, scivolò dentro di lei. Quando il primo centimetro di lui la riempì, non poté fare a meno di sussultare anche se non sentiva dolore. Niente.

Non le aveva fatto del male.

Con ogni secondo che passava, lei smetteva di irrigidirsi e amava invece la sensazione del suo cazzo dentro di sé.

Le sue mani le posarono i fianchi e, mentre arrivava all'impugnatura, lei gridò il suo nome.

Si sentiva così bene, anche meglio di quanto avesse mai immaginato.

"Oh, cavolo, sei fantastico", ha detto. "Così bagnato."

Gli prese il viso a coppa e lui sbatté le labbra sulle sue. Iniziò a tirarsi fuori da lei e, mentre si spingeva in avanti, lei gemette per averne di più.

Lo fece per un paio di spinte, abituandola alla sensazione di lui mentre la riempiva. Dentro e fuori. La sensazione era più di quanto avrebbe mai potuto desiderare. Il suo cazzo era così duro che toccò una parte profonda dentro di lei che servì solo ad eccitarla ancora di più.

"SÌ!"

Meraviglie interruppe il bacio, facendo scorrere le labbra lungo il suo collo, succhiandole il polso prima che le sue spinte iniziassero ad accelerare.

Si alzò e le ordinò di guardare.

Lei fissò i suoi occhi verdi prima di abbassare il suo corpo potente per vedere dove si univano.

Il suo cazzo era lucido per la sua sborra mentre lei lo guardava. Le vene erano spesse e, vedendolo scopare e sentendolo, si mosse, prendendolo quanto più poteva.

All'improvviso tirò fuori, avvolgendo le dita attorno alla lunghezza. «Questo è tutto tuo, Taïna. Ogni parte di me, dal cuore al cazzo, ora appartiene a te. Lui si spinse dentro di lei, tenendole le cosce aperte mentre pompava in profondità.

Meraviglie smise di fare l'amore con lei e la tenne sul letto mentre la scopava più forte.

Le sollevò le gambe finché non furono direttamente in aria contro il suo petto. Le sue mani le posarono i fianchi, e lei lo guardò tirarla distesa, finché all'improvviso non si fermò di nuovo.

Lei emise un ringhio, non sapendo quanto ancora avrebbe potuto sopportare se lui si fermasse e ricominciasse.

Lui rise e lei stava per sgridarlo. Le sue dita le accarezzarono il clitoride.

"Questa volta, quando verrai, voglio che mi sia tutto addosso. Voglio sentirti urlare e il suono echeggiare tra queste mura, così so che è il mio cazzo che vuoi. Il mio sperma dentro di te.

"Sei solo tu che voglio."

Non stava mentendo. I sentimenti che stavano crescendo dentro di lei stavano diventando sempre più difficili da ignorare. Era di nuovo la chiamata di accoppiamento? Non sapeva cosa fosse responsabile, il calore dell'accoppiamento o i suoi stessi sentimenti.

Non si era mai presa il tempo di sedersi con una donna fidanzata e chiederle se fosse possibile amare il suo compagno.

Aveva sempre pensato che lo fosse, ma ora non lo sapeva.

Amava i Marvel? Erano gli ormoni?

Niente aveva senso per lei.

Le accarezzò il clitoride e lei non voleva pensare o preoccuparsi di cosa significasse. Niente di tutto ciò era importante, non in quel momento. Forse nemmeno mai.

L'unica cosa che contava era che Marvens fosse il suo compagno e che lei gli fosse leale.

Quando arrivò, era lungo quanto lui, e il profumo del suo alfa permeava la stanza, più forte che mai.

Il loro accoppiamento si stava avvicinando. Presto i loro odori si sarebbero combinati e collegati insieme, e qualsiasi lupo vicino a loro avrebbe saputo che erano compagni.

Meraviglie l'afferrò per le caviglie e la scopò, prendendola, facendola sua ancora e ancora. Guardò il suo cazzo mentre scivolava dentro e fuori di lei, e sentì il suo cazzo diventare più duro, più grosso, e poi versare la sua sborra.

Lui le afferrò i fianchi e andò in profondità, più che poteva, dentro di lei, riempiendola del suo sperma, e ogni pulsazione le inondava il grembo.

"Per favore, per favore, per favore", disse.

Lo avvolse tra le braccia, sapendo cosa voleva.

Ha... rovinato un po' il momento. Se avesse voluto dei figli perché non vedeva l'ora di mettere su famiglia, lei ne sarebbe rimasta commossa. Non si trattava però di fondare una famiglia.

No, si trattava di proteggerla perché credeva davvero che non potesse proteggersi. Voleva un bambino perché nessuno potesse farle del male.

La avvolse tra le braccia e la tenne stretta.

Non era odiata nel branco. Sapeva che ci sarebbero state donne che la volevano morta, ma era ancora la compagna di Martens, e alcune avrebbero combattuto per lei. Ne era sicura.

Capitolo 6

Meraviglie le fece scorrere le dita sulla schiena. Il suo cazzo era già duro e pronto a ripartire. Voleva scoparla così tanto. Lei emise un piccolo gemito quando lui arrivò alla base della sua schiena e le passò le punte sulle curve del suo sedere.

Non poté resistere alla tentazione di darne un morso e, mentre affondava i denti nella carne dolce, lei emise una risatina, seguita da un sussulto.

"Non dovresti farlo", disse, allontanandosi con una risata.

"Perché no? Hai un culo succoso, ed è fatto per mordere e scopare."

"Cazzo?"

"Sì. So che quelle storie sexy che leggi parlano di essere inculato." Non poteva resistere alla tentazione di toccarle le natiche, accarezzando quel piccolo foro raggrinzito.

"Non penso di essere pronto per questo."

"Che ne dici se ti faccio assaggiare un piccolo assaggio?"

"Cosa intendi?"

"Ti fidi di me?"

Lei esitò e lui non poté fare a meno di morderle di nuovo il culo.

"Ehi, smettila di mordere."

"Sai che ti fidi di me. Mi sei leale e l'unico modo in cui qualcuno può fare un giuramento del genere è se lo fa sul serio e per paura. Non hai paura di me, Taïna.»

"E lo dico sul serio. Hai ragione, non lo sono. Non lo sono mai stato. Come è possibile? Spaventi tutti."

"Perché sei un combattente."

"Sono debole."

Si spostò per mettersi a cavalcioni delle sue gambe, afferrando un cuscino e spingendolo sotto lo stomaco per sollevare quelle guance sinuose.

"Non sei debole."

"È per questo che non mi hai reclamato quando lo sapevi."

"Non deve essere perché sei debole. Inoltre, lupo mio, conosco il tuo segreto.

"Il mio segreto?"

"SÌ. Pensi di essere debole, ma so che hai un dono molto speciale. Uno che non sfrutterò mai ma so che è potente.

"Sai?"

"SÌ. Te lo sei lasciato scappare un paio di volte. Perché non sei mai venuto a parlarmelo?" chiese. Le afferrò le natiche e le allargò, fissando il suo ano raggrinzito. Se ne sarebbe andato a fanculo, ma non stasera.

Facendo scivolare le dita sulla sua fica liscia, iniziò a raccogliere un po' del loro rilascio combinato e a spargerlo sul suo buco del culo.

Lei gridò quando lui le premette il dito sull'ano ma non penetrò. Volevo solo abituarla alla sensazione di lui che era davvero vicino.

«Non so perché non te l'ho detto. Non mi sembrava importante e quando ho capito quanto fosse raro questo dono ho avuto paura".

"Di cosa?"

"Di essere espulso. Non riesco nemmeno a trasformarmi in un lupo completo. Sono in parte distrutto. Temevo che mi avresti voluto fuori dal branco.

«Non sono un mostro, Taïna. Non caccerò mai nessuno dal mio branco a meno che non abbia fatto qualcosa di così spregevole che non esiste altra punizione oltre all'esilio. Non hai un solo osso spregevole nel tuo corpo. Sei bello." La baciò sulla guancia mentre le premeva contro il sedere. Nello stesso momento in cui le accarezzava il culo, giocava anche con la sua figa, stuzzicandole il clitoride.

Lei premette contro entrambe le sue dita, desiderando ciò che lui poteva darle, ed era uno spettacolo di vera bellezza da vedere. Voleva scoparla così tanto, ma voleva farla venire mentre le inculava con le dita.

Mentre lui le pizzicava il clitoride, lei gridò, piagnucolando il suo nome, e lui spinse un solo dito dentro di lei, facendola urlare ma non di dolore.

La sua figa stava diventando sempre più bagnata mentre lui continuava a giocare con lei.

Iniziò a dondolarsi avanti e indietro, spingendo il dito più in profondità. Conosceva già il suo corpo, meglio di quanto lei conoscesse il proprio, ed era così vicina. Amava quanto fosse facile portarla all'orgasmo, averla pronta ad andare oltre il limite del piacere intenso.

Vederla arrivare era uno dei piaceri più straordinari che avesse mai provato.

"Sei così bella", ha detto. "Voglio scoparti tutto il giorno, e lo farò."

Aggiungendole un secondo dito al culo, non ha più giocato. L'ha portata all'orgasmo. Il suono del suo piacere echeggiò lungo le pareti. Solo quando il suo rilassamento cominciò a diminuire, la fece mettere in ginocchio, allineò il suo cazzo alla sua figa e scivolò a casa.

Stava ancora tremando per l'orgasmo e, mentre lui la prendeva più forte, il suo climax continuava. La sua figa era come una morsa attorno a lui, stringendolo più forte.

Tenendosi sui suoi fianchi, lui la sbatté dentro, guardando la sua figa aprirsi e prendere il suo cazzo. La sua lunghezza era già ricoperta di sperma dopo il suo rilascio, ed era così vicino.

Sentì l'eccitazione del suo stesso orgasmo, e non si fermò, scopandola più forte, facendole prendere il suo cazzo per tutta la lunghezza, e quando finalmente si riversò dentro di lei, voleva così tanto che lo prendesse.

Solo che un'altra ondata di bisogno lo sopraffece.

Le scostò i capelli, la tirò su vicino e le affondò i denti nel collo.

L'accoppiamento era così forte che non poteva più contrastarlo. Non c'era tempo di aspettare per farla sua. L'intera città, al momento della luna piena, avrebbe saputo esattamente a chi apparteneva, e a lui non importava. Lei era l'amore della sua vita. Il suo compagno. Destinato a essere suo e non lo avrebbe nascosto.

Lei era tutto per lui.

Proprio come lui era suo.

E ora non c'era più modo di allontanarsi l'uno dall'altro. Sarebbero rimasti insieme, e lui l'avrebbe protetta con la sua vita, e si sarebbe assicurato che il branco sapesse che attaccarla avrebbe comportato gravi conseguenze.

****

Taina odiavo vedere i Marvels così nervosi. Non era un bell'aspetto per lui, e mentre camminava su e giù per la cabina, lei si mordicchiò il labbro.

Non sapeva come fosse possibile, ma in breve tempo aveva imparato ad amare quest'uomo. Certo, l'aveva tenuta praticamente rinchiusa nella sua cabina fino a stasera. Sapeva che l'avrebbe portata con sé. Non c'era modo che non potesse farlo. Dopo averla marchiata, i loro odori si sarebbero fusi e ora tutti avrebbero saputo che lei gli apparteneva. Prima di morderla e segnare il loro destino, sarebbe riuscito a mascherarla sul suo corpo.

Adesso non c'era nessun mascheramento.

Percorrendo il corridoio, lei si avvicinò a lui, avvolgendogli le braccia attorno al collo.

"Devi smetterla di preoccuparti."

La premette contro il muro, il suo corpo si mosse vicino al suo, e lei emise un piccolo gemito, sentendo la lunghezza del suo cazzo.

"Non mi preoccupo."

"Sei. Hai mai pensato che forse potrei piacere a qualcuno del nostro branco?

"Lo so, ma mettendoti come mio compagno alfa, non so cosa faranno."

Gli prese il viso a coppa. "Avere un po 'di fede."

"NO. Quando si tratta di te, non posso avere nulla. Non posso rischiare la tua vita. Sei tutto per me e, anche se cercassi di starti lontano, farei qualsiasi cosa solo per catturare un'occhiata a te. Ti amo, Taina.

Le lacrime le riempivano gli occhi e non poteva farci niente.

"Tu mi ami?"

"SÌ. Lo faccio da molto tempo ormai e mi spaventa. Non ho mai avuto nient'altro che il mio amore per il branco".

Non le importava.

Tirandolo giù, lei ricambiò il bacio, facendo scivolare la lingua sulle sue labbra finché non si aprì e le approfondì.

"Ti amo anch'io", disse. "Non pensavo fosse possibile amare qualcuno così in fretta, ma con te. È... tutto. Ti amo più di ogni altra cosa al mondo. Voglio stare al tuo fianco. Per affrontare insieme il gruppo". Gli prese la mano. "Basta aspettare."

Come tutte le lune piene, il branco avrebbe aspettato nel centro della città. Naturalmente, nessuno si trasformerebbe effettivamente in un lupo o farebbe qualcosa che possa destare sospetti. Questo è il motivo per cui alcuni membri della comunità, che non si rivolgevano più a causa dell'età, hanno aperto bar per cibo e caffè per far sembrare che stessero solo avendo una riunione amichevole di quartiere, o qualcosa del genere.

Molti turisti raramente si fermavano per più di un giorno o due.

Mano nella mano, lasciarono la sua cabina.

Ha annusato i suoi nervi ma non ha commentato. Era un po'... preoccupata.

Come aveva detto Marvelns, a loro piaceva mentre dava loro da mangiare e si prendeva cura dei loro figli, ma questo era qualcosa di più.

Stava assumendo il ruolo di compagna dell'alfa e, beh, presto avrebbe scoperto esattamente chi era suo amico e chi no.

Mentre si avvicinavano alla città, Martens si fermò e la spinse contro l'albero. "Ciò che stai per vedere e testimoniare se non ti accettano, non puoi imputarlo a me. Farò di tutto per proteggerti".

Gli toccò le mani. "Lo so."

"Ti amo, Taina."

"Anch'io ti amo."

Non si sarebbe mai stancata di sentire il suo amore. Soprattutto perché lo sentiva anche lei, ed era davvero una cosa magica.

Lui mosse la testa contro la sua, e lei chiuse gli occhi, crogiolandosi semplicemente nella sensazione di lui che la circondava.

Quando non poterono aspettare un altro secondo, lui le prese la mano e insieme camminarono uniti davanti al loro branco.

Erano già radunati intorno. Profumi di caffè e cibo grasso riempivano l'aria.

Nel momento in cui furono avvistati, tutte le conversazioni cessarono.

Taina si costrinse a guardarli tutti, anche se il suo imbarazzo era ancora un po' più alto. Non era mai stata accoppiata prima e non nascondeva il segno. No, lo ha mostrato con orgoglio affinché tutti lo vedessero.

Nessuno sarebbe in grado di vederlo a meno che non avesse sangue di lupo che scorre nelle sue vene.

Per la maggior parte, la ferita era guarita, e lo aveva fatto all'istante. Faceva parte del fascino dell'accoppiamento.

Ora era legata a Martens proprio come lui lo era a lei.

Tra tutti risuonò il silenzio.

I suoi nervi si sollevarono.

"Qual'è il significato di questo?" Una delle femmine più forti e dominanti si fece avanti. Chloe. Era una delle tante donne che avevano gareggiato per l'affetto di Martens.

Taina aveva guardato, ed era stato difficile da digerire mentre ogni donna cercava di conquistarlo.

Adesso si chiedeva se la sua repulsione fosse dovuta al semplice fatto che lui le apparteneva, e non poteva sopportare che un altro lo toccasse, o che avesse qualcosa a che fare con lui.

“Sono davanti a te con il mio compagno. L'amore della mia vita. Lei è tutto per me. Taina è mia. Se hai qualche dubbio sulle mie pretese nei suoi confronti, sappi questo; qualsiasi danno tu speri di fare non solo ti farà bandire, ma se lei riceverà anche solo un taglio o una spinta, ti occuperai di me.

Chloe e un'altra donna, Rebecca, si fecero avanti e scoppiarono a ridere. «Ti aspetti che la seguiamo? Lei non è niente. Non riesce nemmeno a girarsi. Questa è una vergogna”.

"Attento a come parli al mio amico." Marvelns emise un ringhio mentre si faceva avanti.

"Non ha il diritto di essere tua compagna", ha detto Rachel, un'altra delle amiche di Lorna. "Non dovresti stare con qualcuno così debole. Ti fa sembrare così.

"Non farlo", disse Lorna.

"Non puoi restare a guardare mentre lei prende l'uomo che dovrebbe essere tuo." Rachel sembrava arrabbiata, irritata e incazzata, tutto allo stesso tempo.

"Deve essere mio?" Lorna si accigliò.

Taina gli afferrò il braccio, sperando di mantenerlo... sano di mente. Lei non lo sapeva. Il suo cuore batteva forte e all'improvviso si udì un altro ringhio e questa volta Lorna si fece avanti. Solo che non si è messa contro Martens o lei. Si mise davanti a Martens e ringhiò alle donne.

"Taïna è stata accoppiata. Non importa cosa vuoi. È la compagna dell'alfa e, come tale, mostrerai rispetto. " Lorna si alzò in piedi.

Il potere che proveniva da lei era intenso.

Chloe e Rebecca erano forti, ma non forti quanto Lorna. Perfino Rachel, che non si è tirata indietro, sembrava scioccata. "Non puoi dire sul serio."

"Sono."

Lorna ha dato loro l'insulto finale voltando loro le spalle. Guardò Martens con un sorriso prima di rivolgersi a Taïna.

"Mi offro come protezione. Desidero che non le venga fatto del male. È una persona meravigliosa e farà cose straordinarie per questo branco. La sua gentilezza è leggendaria. La nostra gente prospererà". Si inchinò, cadendo su un ginocchio.

"Ma tu volevi la posizione", ha detto Taïna.

Lorna alzò la testa. "Ho sempre saputo che c'era qualcosa di speciale in te. Senso dell'olfatto sorprendente. So cosa puoi fare e l'ho visto con i miei occhi quando stavamo crescendo. Sei riuscito a trovare il ragazzo scomparso del turista quando nessun altro poteva farlo. Mi hai dato il merito per qualcosa che hai fatto. Non ne abbiamo mai parlato fino ad ora". Ci fu un mormorio intorno al branco. "Ne parlo adesso così sanno quanto sei potente davvero. Potresti non essere in grado di girarti, ma questo non ti rende debole. Sei forte in molti modi. Volevo essere suo compagno ma solo perché non ne aveva uno. Volevo contribuire a rendere forte questo branco ed essere al suo fianco. Siete entrambi accoppiati. Posso vedere il segno e il legame che avete entrambi. Nessuno dovrebbe mai fare a pezzi i propri compagni, ed è una pratica a cui non ho mai acconsentito o di cui non ho mai voluto far parte. Amore e amici, vanno di pari passo, e tu e Marvels siete fatti l'uno per l'altro.

Le lacrime le riempirono gli occhi e sentì le emozioni crescere dentro di lei.

"Non avevo idea che ti sentissi così", ha detto.

"Sei una persona meravigliosa, Taïna." Lorna le prese la mano. "Posso avere l'onore di proteggerti?"

"Sì", disse Taina.

Meraviglie schiarì la gola.

«Se lo dice lui, ovviamente.»

Lorna ridacchiò. "Sarà interessante."

Con Marvens al suo fianco e Lorna dall'altra, Taïna rimase scioccata quando uno dopo l'altro, il branco si inginocchiò, mostrando rispetto e lealtà verso entrambi.

Anche Chloe e Rebecca hanno fatto lo stesso.

"Non preoccuparti per loro. Li terrò d'occhio e mi assicurerò che conoscano il loro posto".

"Grazie", ha detto Martens. "Questo significa molto per me e non lo dimenticherò mai."

Annuì a ciascun uomo e lei sorrise. Vide la felicità nei suoi occhi mentre lo faceva.

Questo era quello che doveva succedere. Quello che aveva sperato.

Quando gli uomini e le donne si rialzarono, vennero tutti verso di loro, abbracciandoli e congratulandosi con loro per il loro attuale accoppiamento.

Quando la luna fu alta nel cielo, attirò a sé Martens e lo baciò forte. "Vai, corri. Resterò qui e cucinerò per tutti voi del cibo.

Li guardò allontanarsi, ma Lorna rimase indietro. "Correrò quando Martens tornerà."

"Ma ti perderai il divertimento."

"Ti ho promesso la mia fedeltà. Ti terrò al sicuro, e per me significa più che tu resti in vita che muoia."

Taina ha abbracciato la sua amica. "Grazie."

"Grazie per non averci lasciato o arreso. So di non essere stato il migliore dei tuoi amici, ma spero di cambiare la situazione.

Taina sapeva che stava dicendo la verità. Era per questo che poteva fidarsi di lei. Per diversi minuti rimase lì, a guardare nell'oscurità. Un piccolo desiderio dentro di lei desiderava poter andare e unirsi a loro, per godersi la sensazione della luna piena, per far uscire il suo lupo, ma non l'avrebbe mai provato.

Proprio mentre stava per andarsene, sentì il suono caratteristico di un ramoscello che si spezza.

Rachel era lì con Chloe, entrambe le donne nude.

"Lorna potrebbe pensare che tu abbia vinto, ma non ti lasceremo assolutamente essere un compagno alfa. Sei un abominio!"

Taina si tese mentre le due donne si avventavano, ma non sentì nulla. Lorna era lì.

"Grosso errore."

Con un attimo aveva ucciso Chloe. Rachel si era fermata.

"Non avresti dovuto seguire Chloe", disse Lorna.

Altrettanto velocemente, Rachel fu legata proprio mentre Martens attraversava gli alberi. "Ho visto cosa stavano provando." Si precipitò verso Taïna. "Stai bene?"

"Sto bene. Sto bene."

"Li ho sentiti tornare indietro", disse Lorna. "Ho pensato che avrebbero provato qualcosa. Chloe è morta, Alpha, mi dispiace.

Rachel non lottò contro i suoi legami, ma guardò Lorna come se fosse il diavolo.

"È successo tutto così in fretta", ha detto.

"Ti avrebbero ucciso. Non piangerli. Non se lo meritano", ha detto Lorna.

Meraviglie si avvicinò a Rachel. Non ha nemmeno implorato per la sua vita. "Non è degna." Come aveva fatto Lorna con Chloe, Marvens spezzò il collo di Rachel e Taïna si precipitò verso il fianco di Lorna.

"Non farlo", disse Lorna. "Non pensare che la piangerò. Era una traditrice e non merita le mie lacrime".

Taina sapeva che chiunque avesse tentato di fare del male a un alfa o al suo compagno sarebbe stato condannato a morte, ma non credeva davvero che qualcuno avrebbe tentato di farle del male.

"Mi prenderò cura di questo", ha detto Martens. "Vai, non hai bisogno di vederlo."

"È tutta colpa mia", ha detto Taïna.

"NO. Non pensarlo. La colpa è loro, di nessun altro. Non ti permetterò mai di credere che sei tu quello da incolpare. Tu non sei. Sono."

"Ha ragione", disse Lorna. "La loro morte è sulle loro spalle, non sulla tua. Conoscono le regole. Tutti conoscono le regole".

"Mi occuperò di questo. Vai, aiuta gli altri."

"Ti amo", ha detto.

"Anch'io ti amo." Martens la baciò forte e la spinse ad andare avanti. Tornò lentamente verso la città e non si voltò indietro. I bar erano già pronti e stavano cucinando. Le tremavano un po' le mani, ma sapeva che doveva restare lì ad aiutare, altrimenti nessuno si sarebbe mangiato.

Spostandosi dietro uno dei banconi del cibo, ha iniziato ad aiutare gli uomini e le donne rimasti a dare da mangiare al branco affamato.

Li sentì ululare in lontananza. Chiudendo gli occhi, poteva percepire il suo compagno e questo le dava conforto.

Era là fuori a correre, quindi doveva aver avuto a che fare con Rachel e Chloe, ma sarebbe tornato presto da lei; lo sentiva. Non c'era motivo per lei di permettere a quelle due donne di credere di aver vinto. Non l'avevano fatto. Lorna e Martens avevano ragione. Quei due avevano fatto la loro scelta, ed era quella sbagliata. Non era colpa sua, era loro.

Meraviglie sarebbe sempre tornato e lei lo avrebbe sempre accettato a braccia aperte. È così che avrebbero dovuto essere.

Tirando un sospiro di sollievo, si mise al lavoro.

Il branco sarebbe tornato presto a casa e non sarebbe stata lei a lasciarli morire di fame.

Epilogo

Cinque anni dopo

Meraviglie tenne la mano della sua compagna mentre lei dava un'altra spinta. Questo era il loro secondo figlio e, dopo il primo, si era ripromesso che non l'avrebbe mai più messa incinta. Aveva fallito, ma voleva una grande famiglia con lei. Fu solo ora che lei soffriva che lo trovò un peso. Non poteva sopportare di vederla soffrire di alcun tipo, quindi questa è stata la cosa più orribile a cui assistere.

Si lasciò cadere sul letto.

Il branco era nella piazza del mercato in attesa della notizia, prendendosi cura del loro figlio primogenito, Zack.

"Ti ho preso, tesoro. Solo un'altra spinta. Sai che puoi farcela."

Erano accoppiati ormai da cinque anni. Il branco aveva esitato ad accettarla come sua compagna. Avevano giurato fedeltà, ma lui sapeva che dubitavano. Credevano che avrebbe dovuto avere qualcuno forte e feroce. Qualcuno che potesse combattere.

Giorno dopo giorno, aveva dimostrato che tutti si sbagliavano.

Ogni volta che uno di loro aveva un problema, andavano da lei e lei risolveva i loro problemi. Niente era mai troppo difficile da affrontare per lei. Il suo branco negli ultimi cinque anni si era espanso e prosperato.

Per quanto lo riguardava, aveva il branco più felice del mondo.

Anche i loro nemici non erano più un problema. Il branco di confine era stato invitato a casa loro e avevano stretto un accordo per aiutare e proteggere sempre.

Taina aveva organizzato l'incontro. Aveva percepito la loro paura e sapeva che stavano attaccando perché erano preoccupati che lui li attaccasse.

Le cose erano state risolte e gli omicidi del passato erano stati cancellati.

Tutto questo era stato ottenuto solo da Taïna. Sua moglie, la sua compagna. L'amore della sua vita. La donna con cui avrebbe voluto passare il resto della sua vita.

Le baciò la testa mentre lei dava un'altra spinta, tenendogli le mani, e sperava che nessuna di loro fosse rotta. Aveva una presa forte, cazzo.

Il suono del pianto del bambino riempì l'aria e lui sussultò.

"Il nostro bambino", ha detto.

Si è aggrappato all'amore della sua vita mentre l'ostetrica fasciava il bambino e faceva i controlli di cui aveva bisogno.

"Ben fatto, alfa", disse la donna. "Hai una bellissima bambina."

"Una ragazza?" chiese Taina.

"SÌ. Una dolce ragazzina."

È stata messa tra le braccia di Taïna. Un'ondata di protezione lo inondò proprio come quando era nato Zack.

"Guarda cosa abbiamo fatto, Martens."

"No, tesoro. Questo eri tutto tu. Tu sei la ragione di tutto questo." Le baciò la testa e le tenne la mano libera.

La loro bambina aprì gli occhi e lui sorrise. Aveva gli occhi azzurri, proprio come quelli di sua madre. Sapeva che c'era la possibilità che cambiassero colore, ma ora aveva una figlia.

"Questo è l'ultimo", disse, sussurrandole le parole contro l'orecchio.

Taina riso. "Vedremo. L'hai detto dell'ultimo e, beh, abbiamo una bambina in questo momento. Appoggiò la testa contro il suo petto. "Sono la donna più fortunata del mondo."

"No, tesoro, sono l'uomo più fortunato. Ti amo così tanto."

La baciò e sapeva che rivendicare la sua pretesa era la cosa migliore che avesse mai fatto.

Fine

Don't miss out!

Visit the website below and you can sign up to receive emails whenever Ashley Colem publishes a new book. There's no charge and no obligation.

https://books2read.com/r/B-A-TMQAB-BMTRC

BOOKS 2 READ

Connecting independent readers to independent writers.

Did you love *Taina è in Fiamme*? Then you should read *Amore Improbabile*[1] by Ashley Colem!

[2]

Gabriel Cole non ha molto tempo per i suoi problemi. Ma quando sua madre torna da un fine settimana a Las Vegas, sposata con un uomo che non ha mai incontrato, decide di indagare. Si scopre che ha collaborato con un truffatore che ha lasciato dietro di sé una scia di mogli abbandonate e debiti inesigibili. Quando Gabriel scopre che il suo nuovo suocero ha una figlia, decide di indagare anche su di lei. Non sarà pronto a darle tutto ciò che desidera finché non incontrerà la sua nuova sorellastra.

---

1. https://books2read.com/u/m26ErR

2. https://books2read.com/u/m26ErR

Elena è un'infermiera domiciliare per giovani madri. Ma ha deciso di prendere in mano la situazione perché ha bisogno di avere un figlio. Anche se non è l'ideale, non vede l'ora di trovare l'uomo perfetto. Ma una telefonata durante un'ultima missione minaccia di far deragliare tutti i suoi piani attentamente pianificati.

Questo romanzo contiene molta infantilità ed è una delizia sporca e viscida.

Also by Ashley Colem

Bien Trop Brutal

Obsede Par Elle

Limite dépassée

Amour Improbable

Kataliya, la Parfaite Élue

Le Choix Ultime d'un Seul Amour

Réveille-toi, Barbara

Sexe à Répétition

Taïna est en feu

Captive d'une Nuit Enneigée: Jusqu'à ce qu'elle apparaisse et que son âme se sente captivée

Ces Attouchements Tabous: Cette nuit-là, il a changé ma vie pour toujours

Épuisement: Sienna est peut-être jeune, mais son corps sait ce dont il a besoin

Il va l'avoir: William veut Jesse plus que tout au monde

La Femme de ses Rêves: Il est obsédé par la jeune beauté qui lui a volé son cœur

Le No 1 des Connards: Il ne cherche pas d'excuses pour ce qu'il est ou ce qu'il fait

L'étrange Mariage du Milliardaire

Maintenant... Elle est à moi pour Toujours: Je mets un bébé dans son ventre et une bague en diamant à son doigt